PAUL ROUX

UN
DRÔLE DE MORT

SAYNÈTE BOUFFE

INTERPRÉTÉE

Par GALIPAUX, du Palais-Royal

PRIX : UN FRANC

PARIS

AUGUSTE GHIO, Éditeur

Palais-Royal, 1, 3, 5, 7 et 11, Galerie d'Orléans

1884

Tous droits réservés.

PAUL ROUX

———

UN
DRÔLE DE MORT

SAYNÈTE BOUFFE

INTERPRÉTÉE

Par GALIPAUX, du Palais-Royal

PRIX : UN FRANC

PARIS

AUGUSTE GHIO, Editeur

Palais-Royal, 1, 3, 5, 7 et 11, Galerie d'Orléans

1884

A

GALIPAUX

DU

PALAIS-ROYAL

JE

DÉDIE

CETTE *Folie*

P. R.

Bouchencœur...................... F. GALIPAUX.

CostUME: celui que nécessite la circonstance ; frac noir, cravate
blanche, en chaussettes, etc...

A Asnières, de nos jours

Un drôle de Mort

!

La scène représente une chambre ardente. Tentures noires émaillées de larmes, de têtes de mort et de tibias en croix de Saint-André.

Au milieu, un imposant catafalque au faîte duquel une bière recouverte d'un poêle.

Tout autour, six lampadaires massifs.

Au pied du catafalque, une colossale couronne d'immortelles sur laquelle on lit en demi-cercle cette rubrique : « *A mon époux chéri* » ; au centre se détache en gros caractères : « *A Isidore Bouchencœur* ».

Avant le lever du rideau des basses-tailles entonnent un chant funéraire. Cet unisson attaqué *fortissimo* finit en *moriendo*.

(Trois coups sont frappés dans la bière. — Un silence. — Les coups se répètent. — Nouveau silence. Enfin le poêle se soulève et une tête en émerge.

Cette tête, c'est Bouchencœur. Comme s'adressant à quelqu'un).

Titine, ma potion calmante ?... (*Après avoir parcouru la scène du regard.*) Personne !... Ma femme se sera attardée chez le pharmacien... *(Se passant la main sur le front ; avec satisfaction)* Ah !. Depuis la dernière crise — cette fameuse crise annoncée, — j'ai la tête moins chargée... Serait-ce la guérison ?..

Promenant des regards ébahis de tous côtés.

Diantre ! Des tentures noires ?.. *(Pris soudain d'un rire ombilical)* je comprends ; le délire, parbleu !.. Oui, mon délire à moi.. Cela même, mes yeux voient tout en noir. Et tenez, hier, le docteur le disait tout bas à ma femme. « Bouchencœur, madame, peut avoir le délire. » N'importe, la couleur de ce décor imaginaire est si loin du ton jaune de mes rideaux que je m'étonne ;... et, n'étaient les fantaisies d'un transport au cerveau, je croirais... *(Appelant vivement)*.

Holà ! quelqu'un !... Rien !.. Je constate que pour un homme qui a failli retourner à ses pères, on met peu d'empressement .... *(S'efforçant de se remémorer)* Durant mon sommeil, il m'a semblé ouïr comme un chant... de catacombes... *(Chassant ces idées)* Ne vais-je pas me créer des montagnes ?... Toujours l'effet de ce cauchemar qui fausse tout chez moi !.. *(Ce disant, il se met sur son séant dans la bière)* Ouf ! le lit est d'un dur, ce matin ! j'en ai l'omoplate moulue. *(Se faisant une raison)*... Mes nerfs ont tant et tant gigotté dans le cours de mes divagations que j'ai dû casser les élastiques — de la paillasse.

Ébloui par la clarté des six lampadaires.

Ouais ! quelle clarté ! La nécessité d'allumer tant de bougies ? Je vous le demande. On ne vous prêche pas l'avarice, madame mon épouse, mais un brin d'économie, que diable !. *(Se pâmant d'un rire bon enfant)* Triple imbécile ! Mais c'est encore ton délirium !.. Selon la Faculté, tout halluciné voit trente-six chandelles ; ma lampe Carcel aura fait des petits dans mon imagination... C'est clair.

Avisant une phénoménale tête
de mort sur un cartouche à gauche.

Bagatelle ! Le beau voisin ! !.. Qu'a-t-il fait de son nez ?.. (*Se frappant le front et comme illuminé*) J'y suis. C'est le portrait de ma belle-mère que je vois à l'envers... Encore un effet bizarre de ce délire !... Ah ! Ah !!... (*Le rire bon enfant se convertit en rire de baleine. Appelant.*)

Titine ? Mamour ?.. As-tu songé à mon laxatif ?... (*pas de réponse*) Toujours pas revenue... (*baissant la voix*) Un peu d'exercice me remettrait en vigueur... Si je me levais un tantinet, là ?.. Seulement deux pas.... Ma femme n'en saura rien... (*S'assurant qu'il n'est pas surveillé*) Ma foi ! foin de la consigne !. (*Il se dispose à descendre. La hauteur le fait hésiter.*) Pristi ! sapristi ! Le lit me parait plus élevé que d'habitude... Ah ! ça ; ma méningite me ferait-elle perdre les notions de la couleur et de l'espace ?.. Tu vas faire un joli merle, Zidore.

Il descend entraînant avec lui
le poêle dont il se fait une robe de
chambre. — Prenant pied.

M'y voilà ! (*se dirigeant au fond.*) Vite mes effets !... (*Il se palpe et se voit en habit noir. — Au comble de l'étonnement.*) Ah bas ! Si je ne m'abuse, j'ai mon complet sur moi... (*Rire jaune*) Que signifie ce carnaval ?.. (*se creusant la tête.*) J'étais malade, en danger tantôt.. un violent malaise, je me souviens, a totalement paralysé mes sens... Parfait ; mais voici qu'après un pénible sommeil je me réveille en frac de cérémonie.

> S'apercevant à son grand ébahis-
> sement et successivement qu'il
> n'est pas chaussé et qu'il lui man-
> que ses bagues et sa montre.

Et pas de brodequins ?.. Pas de bagues ?.. de mon-
tre, pas davantage ?.... *(Aux cent coups)* Délire, je ne
t'écoute plus, tu me ferais croire que je les ai laissés au
vestiaire !...

> Se trouvant en face du catafal-
> que, il pousse une exclamation et
> se réfugie à droite.

Par mes yeux ! c'est un catafalque et non un lit que
voilà ! !.. Je ne rêve pas... J'ai bien toute ma raison..
(Il arpente le théâtre) Ah ! mais... ah ! mais... ah ! mais..
(Allant aux tentures qu'il soulève) De vraies draperies !...
Derrière, la tapisserie de ma chambre... *(Ouvrant une
porte au fond.)* Le lit est dans l'alcôve... *(Descendant effaré)*
Suis-je dans mon immeuble ? N'y suis-je pas ? Pourquoi
ces candélabres ?... *Qu'est-ce que cette caisse ?* Et la
raison pour laquelle y étais-je dedans ?..

> La couronne sur laquelle est
> écrit « *A mon époux chéri* » lui
> tombe sous les yeux. — Éclair et
> coup de foudre dans son esprit.

Euréka ! ! !. Plus de doute ! ! !...

> Après un moment de pétrifica-
> tion

Je... *(il s'éponge)* ... je... *(idem)* ... je suis mort ! ! ! !.

> Abruti, il s'affaisse sur le piédes-
> tal d'un lampadaire et s'évente à
> l'aide d'un écusson-tête de mort
> qu'il a inconsciemment décroché
> de la muraille. — Après une pause ;
> comme en ayant fait son deuil.

Eh bien, oui, ça y est. Crac! tout ce qu'il y a de plus mort, et nous assistons au prélude de mes funérailles! Comprenez pas? — A la suite de la crise que redoutait le docteur, j'ai trépassé. Enfin, la Vie Future…, l'Immortalité,… m'y voilà en plein! Bête, mais simple comme bonjour. (*Faisant la moue*) C'est égal, une tuile de ce calibre, sans être prévenu!… Mourons, d'accord; mais c'est le moins qu'on nous prévienne…. (*se ravisant*) Ah! minute! j'ai dit: je suis mort. Oui… c'est-à-dire non. Mon *individu* seul est défunt …. la *bête* en un mot… je l'ai laissée dans la boite. (*Il désigne la bière*). Mes abatis ne sont plus que de vulgaires colis en magasin…. Mais, *l'autre* — à la façon de Xavier — *ce je ne sais quoi* éthéré, sans forme, mon ombre enfin, est toujours comme ci-devant. Je ne suis plus que ce *je ne sais quoi*. Concevez?

Pinçant la guitare de Yemegobe.

Je suis l'impalpable atome, une façon de bulle entre deux airs, une brise égarée dans l'atmosphère; ou si vous préférez, un zéro, une molécule de néant, un pas grand chose de rien du tout… Partout et nulle part! Je suis ici, une seconde après je puis me poser tout là-bas. Enchanteresse ubiquité!… Je n'ai ni yeux, ni jambes, ni bras, ni bouche, et pourtant je vois, je marche, je gesticule, je parle. Du moins, il vous le semble, tant je fais corps avec vous. Vous n'y entendez rien, moi non plus, mais voilà. (*Appuyant*) Ça ne doit même pas se comprendre. C'est comme ça, parce que c'est comme ça… O métaphysique, à toi le pompon!!

Il arpente la scène en Hamlet
faisant jouer au poêle le rôle de
manteau castillan,

N'être plus !.. Se savoir *n, i, ni, fini* !.. Être ne pas être !!... On s'imagine sur la planète que c'est une situation difficile. Sophisme monstre ! Rien de plus simple. Tenez, moi j'ai passé le pont sans m'en douter, parole de rien-du-tout !.. Vous en auriez fait autant à ma place ; tout le monde en aurait fait autant. — Je vais plus loin : c'est même cocasse de mourir. Je vais plus loin encore : Si j'avais été un philosophe sur terre, et un philosophe intelligent, j'aurais voulu inventer des moyens de trépasser et les mettre à la disposition des clients !..

Oui, Messieurs !...

Chaque fois que Gaudentie vous rendrait le conjungo insupportable, vlan ! une visite au petit monsieur préposé au Trépas ; et l'on aurait ainsi l'avantage inédit de s'offrir une petite mort de vingt-quatre heures ou davantage — selon les circonstances.

> On entend les cris de *Oh ! Vitrier !* au dehors.
> Comme ne pouvant en croire ses oreilles.

Hein ! pas possible ! C'est une réminiscence de l'autre monde !. (*de nouveau les cris*) Non, c'est bien leur refrain.. (*ébaubi*) Des vitriers chez les Morts !!.. Mais alors : (*l'accouchement du raisonnement suivant doit être laborieux*) s'il y a des vitriers, il y a des vitres ; s'il y a des vitres, il y a des fenêtres, et des maisons, s'il y a des fenêtres !!... Conclusion : l'empire du Néant contient des monuments et des villes, comme la planète d'où je sors.

> Désignant du doigt les écussons sur lesquels sont dessinées des têtes de morts. De plus en plus épaté.

Et voici les naturels du pays — dans leurs cadres de famille !!... C'est plus vivant que l'on ne pense. Que nous parlaient-ils de retraite, de dernier sommeil, les esprits forts ?... Moi qui comptais flâner sous le gazon ! Pensez donc, une flânerie de plusieurs millions d'années !... Bé dame ! ça change mes vues, car s'il en est ainsi, il va falloir, comme Paturot, se mettre en quête d'une position sociale... Il faut bien *vivre*, n'est-ce pas ?... *(N'entendant pas de celle façon)* Tu, tu, tu, c'est trop d'une fois ! je me fais fort de dénicher quelque sinécure. Une inspiration ! Je me ferai élire député par les ombres de mon arrondissement... *(se reprenant)* de ma nécropole. Pour plaire à tous, je serai bonapartiste ou royaliste, selon qu'il s'agira d'Empire ou de Royaume des Ombres. Papa Pluton sera content, mes trépassés électeurs aussi.

A merveille !

Puis je convolerai en infernales noces. — Mazette! j'en ai le droit. La mort n'est-elle pas le divorce par excellence? À cet effet, je chercherai dans les ombres en renom. Que dites-vous d'un amour d'ombre... chinoise ?... Du nanan, quoi ! *(comme dans un rêve)* Bras dessus bras dessous avec ma pénombre, nous irons le plus souvent nous distraire au bal — j'ai voulu dire au sabbat — déguisés elle en chauve-souris, moi en chat-huant. Je présume que telles doivent être les coutumes des Sombres Bords. — La nuit, en compagnie des farfadets, on fera des niches aux diablotins. Chaque matin, on lira sa *Gazette Nécrologique* dans la loge de Saint-Pierre, et le soir, on ira en maraude canoter avec le *vieux-vert* Caron. Mâtin ! que de châteaux en... Enfer !...   Changeant de ton.

Seulement... j'ignore l'idiome de l'endroit, un dialecte pour tout aller, enfin la *langue morte* par excellence. Voilà qui refroidit mon enthousiasme... Me voyez-vous rester bredouille lorsque feu Périclès me parlera de son siècle ou qu'un défunt fantassin de Marathon viendra m'inviter, moi défunt, à vider une défunte amphore chez le défunt mastroquet d'en face!...

> Il heurte du pied un papier qu'il ramasse.

Qu'est-ce ceci ?... Une lettre... *(lisant rapidement l'enveloppe)* « Bouchencœur... » — Mon nom !... A peine débarqué, je reçois mon courrier... Intrépides facteurs!

> Il rompt le cachet et lit.

« Quand en auras-tu fini avec ton vieux ? »
> *Signé :*
> ANATOLE.

> (N'y comprenant goutte)

Comment vieux ? Quel vieux ?... *(relisant l'enveloppe)* : « *A Ernestine Bouchencœur.* » *(intrigué)* Le nom de ma femme ?... Anatole est mon cousin... *(Le papier lui en tombe des mains)* Mais alors le vieux, c'est moi !!!...

> Au paroxysme de la fureur.

Mille millions de momies! je... *(Il fourre machinalement la main dans la poche de son pantalon et en retire un billet)* Un second exemplaire! Il en pleut.

> (Lisant)

> « Délivrance, sois bénie !...
> « Pas trop tôt, vieux jocrisse.
> « Fallait-il être folle pour épou-
> « ser un déplumé pareil !...
> « Benêt qui ne s'est même pas
> « aperçu qu'Anatole le... heu...
> « heu..... ....

(*Parlé*) Oh ! ma tête !...

(Continuant la lecture)

« Les pleurs de circonstances
« séchés, je file pour Nice avec
« mon beau cousin.... Les
« 60.000 livres de rente que tu
« as eu la délicate attention de
« me léguer ne demandent
« qu'à s'utiliser : Au revoir le
« plus tard possible !
« Requiescas in pace.
« TA
« TITINE. »

(L'ahurissement le cloue au
catafalque)

Requiescas in pace ! ! !... Ma femme ! — le faux ange
qui me bourrait d'infusions quand j'étais enrhumé; l'hy-
pocrite créature qui me bichonnait et versait des tor-
rents de larmes dans le gilet du notaire pendant la con-
fection du testament — ma femme en un mot, c'est ma
femme qui, sûre de ne pas être battue, m'a fourré ce
manifeste dans la poche !..

(Il met le papier en pièces. —
S'emballant.)

Ah ! tu vas passer une saison à Nice ! Ah ! le cousin
Anatole m'infligeait des *haute forme* ? Rira bien qui
rira le dernier. Nous allons voir si.... (*se ravisant*) Suis-
je bête ! mais non, suis-je bête !...

(Sur un ton déclamatoire)

« Tu parles de venger, quand déjà tu n'es plus ! »

(S'arrachant le peu de cheveux
qu'il a).

O fureur !... Si au moins c'était *fini* pour de bon, je
n'aurais pas eu connaissance de... l'accident !... Au

diable Socrate et son invention ! Fallait-il ne rien avoir à mettre sous la dent pour éditer ce canard — : l'Immortalité!.... Trouver la pierre philosophale, passe encore ; mais l'Immortalité! Buveur de ciguë, va!

Et cependant, je veux une revanche, devrais-je *re-mourir* pour *revivre*!.. Hâtons-nous. Je ne suis plus qu'une ombre, il est vrai, mais je n'en suis pas moins un mari.. Vite, mes pistolets!...

> Il soulève fièvreusement les tentures à droite et ouvre le secrétaire. Un manuscrit lui tombe sous la main.

Tiens! Le rapport du spécialiste de Paris à son collègue d'Asnières... Comment est-il dans mes papiers d'affaires ?... Eh! Eh! je ne serais pas fâché de savoir ce qu'on pense du mal qui m'a emporté...

> (Il lit.)

> « Cher docteur et cher col-
> « lègue, l'issue fatale comme
> « une léthargie peuvent résul-
> « ter de l'état du malade.....
> « .... Redoublez d'attention....
> « Pour vous dégager de toute
> « responsabilité, ayez recours -
> « à l'opération du fer chaud
> « au pied droit du sujet après
> « les quarante-huit heures qui
> « suivront le..............
> ....
> ?!!!.......................

> (L'émotion lui paralyse la voix. Un tremblement convulsif s'empare de tout son être. Il examine son pied et pousse un cri de joie.)

Grand Dieu!.. pas d'opération!.. (*Il se palpe de la tête*

aux pieds) Mais alors… Je respire, je suis, je vis… Hosanna ! ! ……………………………………

La consultation est à la date de jeudi et mon calendrier accuse vendredi… Tout s'explique : J'étais en léthargie ! !. L'inhumaine intéressée à ma fin aura intercepté le message et… C'est drôle, ces émotions m'ont rendu la santé… Et moi qui ai cru… Quel impair ! …

Le glas retentit soudain

Brr ! … L'apothéose ! … On me carillonne… première classe.

Il se précipite vers le fond et ouvre la fenêtre.

En bas, le cortège s'amasse…

Bruit à la cantonnade. Descendant

Des pas ? (*regardant à gauche*) Ciel ! ma femme !

Se maîtrisant

Attendons que tout le village soit rassemblé ; je tiens ma vengeance de revenant.

Il escalade le catafalque, se couche dans la bière et se couvre du poêle.
Les cloches sonnent à toute volée, leurs sons se mêlent aux chants qui se rapprochent. — Un répit. — Abasourdi, penaud, archinavré, Bouchencœur sort sa tête de la bière et d'une voix lamentable :

C'est égal, ces choses-là n'arrivent qu'à moi ! …

Derechef tohu-bohu

RIDEAU

IMPRIMÉ, CHEZ BLANC ET BERNARD
rue Sainte, 28 et 30, Marseille.

IMPRIMÉ CHEZ BLANC ET BERNARD
rue Sainte, 28 et 30, Marseille.

www.ingramcontent.com/pod-product-compliance
Lightning Source LLC
LaVergne TN
LVHW051147060726
842526LV00006B/2255